GUÍA DE LECTURA

Escrita por Juline Hombourger
Traducida por Tamara Montes Blanco

El valle de los avasallados

de Réjean Ducharme

Entiende fácilmente la literatura con

ResumenExpress.com

www.resumenexpress.com

RÉJEAN DUCHARME

ESCRITOR, DRAMATURGO, ESCULTOR Y GUIONISTA QUEBEQUÉS

- **Nacido en 1941 en la provincia de Quebec (Canadá)**
- **Algunas de sus obras:**
  - *El valle de los avasallados* (1966), novela
  - *Les Enfantômes* (1976), novela
  - *Dévadé* (1990), novela

Réjean Ducharme, considerado como uno de los mejores autores quebequeses, nació en 1941 en Quebec. Desde la publicación de *El valle de los avasallados* en 1966, un gran número de periodistas han intentado conseguir más información sobre él, pero el autor siempre se ha negado a participar en el juego de la fama. Sin embargo, sabemos que ha viajado mucho y que ha sido corrector de pruebas.

Ha escrito nueve novelas. Podemos distinguir dos períodos de publicación: el primero, de 1966 a 1976, presenta protagonistas que no han sobrepasado la adolescencia o que se comportan como si aún estuvieran en ella. En el segundo, de 1990 a 1999, descubrimos adultos que forcejean con la realidad. Ducharme también es autor de cuatro obras de teatro, guionista de dos películas, libretista y escultor ensamblador.

Su universo generalmente se califica con adjetivos contradictorios. Es, al mismo tiempo, sombrío y divertido, serio y superficial. En cualquier caso, del estilo ducharmiano surgen neologismos, calambures, ironías y tópicos dados la vuelta; además el autor juega con el lenguaje, así como con los niveles de realidad.

EL VALLE DE LOS AVASALLADOS

UN RELATO COLMADO DE POESÍA

- **Género:** novela
- **Edición de referencia:** Ducharme, Réjean. 2010. *El valle de los avasallados*. Traducido por Miguel Rei. Madrid: Doctor Domaverso
- **Primera edición:** 1966
- **Temáticas:** infancia, incesto, celos, guerra, rebeldía, lengua

El valle de los avasallados, publicado en 1966, es nominado al Premio Goncourt ese mismo año y gana el Premio del Gobernador General en 1967. Un gran número de críticos han visto en la obra la manifestación de ideas e interrogaciones de la Revolución tranquila. De hecho, en los años sesenta, Quebec está en plena efervescencia: se quiere modernizar las mentalidades y defender la autonomía de la provincia. El novelista, que cuestiona los códigos de escritura y, de forma más general, todas las estructuras fijadas, aparece como un representante ideal (aunque nunca lo ha reivindicado) de este movimiento rupturista.

La novela se presenta como un relato poético en el que el lector sigue a Bérénice Einberg desde los nueve a los quince años, de su isla cercana a Montreal al centro del conflicto que opone a los israelíes y a los árabes, pasando por Nueva York. Se divide en 81 capítulos (cabe señalar que el capítulo 64 ha sido omitido voluntariamente) y el ritmo de la historia, que en su conjunto respeta el orden cronológico, está marcado por un gran número de digresiones.

RESUMEN

Al principio de la novela se presenta un resumen, como para anular el interés por la historia. De hecho, toda la fuerza del libro reside en las digresiones, en las reflexiones poéticas y fantasiosas de la narradora.

EN LA ISLA

El íncipit da pie al tono de la obra. Bérénice Einberg, una niña de nueve años, repite «estoy sola» y abandona al lector a aserciones sorprendentes sin una unión lógica evidente: «En verano, los árboles están vestidos. En invierno, los árboles están desnudos como los gusanos. Dicen de los que están criando malvas que se comen los dientes de león por la raíz. El jardinero encontró dos toneles viejos en su desván» (Ducharme 2010, cap. 1). Nos enteramos de que es judía como su padre y de que su hermano, Christian, es católico como su madre. Así, ella acompaña a su padre a la sinagoga donde, con impertinencia, se dice a sí misma «¡caca de vaca!» (Ducharme 2010, cap. 8) cuando oye las palabras del rabino Schneider. En realidad, rechaza la religión porque no quiere depender de nadie.

Vive con su familia en una abadía en desuso, donde espera a que Christian vuelva del colegio durante unas semanas. Él está contento de volver a verla y le regala un grisgrís, lo que enerva inevitablemente a sus padres. Podemos ver que el matrimonio se ataca entre sí y que utiliza a ambos hijos como instrumento para hacerse daño.

A pesar de todo, la alegría de volver a ver a su hermano se apodera de Bérénice: salen al pantano a descubrir la fauna y la flora, se divierten alrededor de las llamas que hacen arder la hierba o van a patinar. Pero la llegada de Mingrélie, una hermosa chiquilla que le gusta a Christian, rompe esta felicidad. Bérénice, que experimenta sentimientos desmesurados por su hermano, se compara con ella y se siente cada vez más horrible.

Se acaba la Navidad, llega la primavera y después el verano. Su hermano le confiesa su idea de convertirse en campeón de lanzamiento de jabalina. A ella le cuesta aceptarlo. Más adelante, Mingrélie le revelará el secreto de Christian a su tía para que él pueda participar en un torneo de lanzamiento de jabalina. Sin embargo, el chico resultará ser un deportista mediocre.

Unos primos suyos, católicos, llegan a la isla: todos se esfuerzan en reparar un viejo barco para organizar un juego naval. Christian sigue enamorado de Mingrélie, y, cuando Bérénice los sorprende fumando a escondidas, la culpan de todo a ella. La niña vuelve desamparada: su madre intenta consolarla, pero lo único que recibe a cambio son golpes e injurias. La narradora acaba matando a Mauriac, el gato al que su madre tanto adora. A lo largo de toda la historia, aparece como una lunática, pasando constantemente del amor al odio.

Tiempo más tarde, Bérénice espía a los dos amantes, que retozan en el granero. Esta vez, demasiado celosa, decide revelarle todo a Chamomor, su madre, que los regaña con vehemencia.

La estancia de los primos toca a su fin, mientras que el padre de Bérénice, Mauritius Einberg, vuelve de un viaje de negocios. Estalla una discusión entre marido y mujer, a causa de una eventual amante. Esta acalorada discusión permite especialmente contar al lector las circunstancias en las que se conocieron. Poco tiempo después, la narradora se marcha a California con su amiga Constance Chlore. Envía cartas a Christian, a quien echa de menos, y descubre el placer de la lectura.

Cuando las vacaciones se están terminando, Christian regresa al colegio y la chiquilla a la escuela del pueblo. Ella lleva mal esta vuelta y cada vez se siente más melancólica, especialmente porque su hermano se negara a irse con ella. Va en decadencia, se niega a comer y solo consigue reponerse gracias al afecto de su madre. Entonces, Christian debe cumplir su promesa: juró llevarla lejos cuando se curara. A pesar de sus reticencias y de una fuga que tan solo dura unas horas, consigue que su hermana pase una noche maravillosa.

El padre se siente inquieto por el acercamiento entre sus dos hijos, y más particularmente, por la carta que intercepta, una carta llena de pasión de Bérénice dirigida a Christian. Entonces, decide enviar a la narradora a casa del tío Zio, a Nueva York. Constance Chlore la acompaña.

NUEVA YORK

Bérénice describe su llegada a Nueva York. Se encuentra con el tío Zio y su familia. Viven en un columbario y son todos unos «santos de muerte» (Ducharme 2010, cap. 40). La chiquilla comienza a aprender hebreo, celebra el *sabbat*, inventa juegos con su amiga y se siente casi feliz, contra lo que intenta luchar. Sigue escribiendo a su hermano a sabiendas de que son sus padres los que leerán sus cartas de amor. Los va a visitar de vez en cuando. Durante sus visitas, Einberg está borracho y Chamomor está triste.

El odio vuelve a estar en primera línea: Bérénice hace una demonstración del «avasallamiento» en clase, dicho de otra forma: explica a sus compañeros y a su profesor su teoría de que para ser libre, hay que acabar con todo. La castigan todo el día. Cuando comienza con la menstruación, nada se soluciona. Ella lo vive como una «guarrada» y se niega a hacerse adulta. Constance Chlore tiene un mal presentimiento. A pesar de todo, los días pasan hasta el momento en que, esta, impaciente, va a la calle a buscar a Bérénice para darle una carta. No ve un coche que está dando marcha atrás que la arrolla y luego la aplasta. La narradora no asiste al funeral de su amiga y se encierra en su habitación cuando sus padres intentan hablar con ella.

Por su parte, Chrsitian también evoluciona. Estudia biología y sigue con el lanzamiento de jabalina. Paralelamente, Bérénice se convierte, para su gran desesperación, en toda una mujercita. Lee novelas pornográficas. El tiempo pasa. Hace tres años que vive en Nueva York. Por fin recibe una carta de su hermano que le informa de que sus padres vuelven a vivir juntos. Estos últimos van a buscar a la narradora, pero Zio se opone. La protagonista se junta con Dick Dong, un vecino de su edad que dice que la quiere, pero ella nunca cede a sus avances. Intenta provocar a su tío, que termina por encerrarla en el armario del cuarto de baño cuando es expulsada del colegio Eisenstein.

En su nuevo colegio, es monitora de gimnasia una vez por semana. Ahí conoce a una niña que se llama Constance Kloür. La lleva una tarde a pasear por el pueblo, después la lleva de vuelta a casa de sus padres, que están intranquilos. Vuelve al columbario, se emborracha, enciende algunas velas y prende fuego al apartamento. Los bomberos controlan el incendio. Llama a Blasey Blasey, su «pornógrafo» favorito, y este la invita a cenar en su casa. Por otro lado, en clase de ballet, conoce a Jerry de Vignac. Se promete que se acostará con él, pero este la rechaza. Zio, harto, la envía de vuelta a la isla.

Cuando llega, se dirige a la tumba de Constance Chlore. Ahí planta aguileñas al revés para que su amiga «pueda olerlas bien» (Ducharme 2010, cap. 63). Con alegría vuelve a ver a Christian, que se ha roto una pierna. Su padre sigue sin soportar su relación y, tras haber obligado a Bérénice a releer las seiscientas cartas que envió a Christian desde Nueva York, le anuncia que ella se va a Israel.

ISRAEL

Hay una tregua entre árabes e israelíes. Bérénice frecuenta la colonia canadiense. Ahí conoce a Graham Rosenkreutz, a Gloria y a Céline. Se une al juego de la guerra, se entrena y, a la vez, continúa leyendo. Piensa mucho en Constance Chlore y en Christian. Un día, con Gloria, tiene que mantener vivo un fuego para que los refuerzos puedan ver qué pasa. Con cada tronco que coloca, los sirios les lanzan huevos, piedras o injurias. La narradora aprieta, jugando, el gatillo. Las balas enemigas responden enseguida. Bérénice utiliza a su amiga de escudo y termina con los brazos en cabestrillo. «Les he mentido. Les he contado que Gloria se había erigido a sí misma en mi escudo viviente. [...] Me han creído. Justamente, necesitaban heroínas» (Ducharme 2010, cap. 81).

ESTUDIO DE LOS PERSONAJES

BÉRÉNICE EINBERG

Bérénice Einberg es la narradora de la novela. Al principio de la obra, es una chiquilla de nueve años que posee una lengua, una cultura y una réplica inverosímiles si tenemos en cuenta su edad. Devora los libros que para ella constituyen todo un mundo.

Lleva a cabo un combate contra «el adulterio», en particular contra sus padres, que se oponen al amor exacerbado que ella siente por su hermano. En una misma línea, rechaza las reglas de la decencia y conceptos tales como el matrimonio o la religión. No quiere depender de nadie a ningún precio: «Soy la obra y el artista» (Ducharme 2010, cap. 44). A la vez nihilista (niega los valores del grupo al que pertenece) e idealista, pasa de un extremo a al otro, del amor al odio, de la angustia a la euforia.

LA SEÑORA EINBERG (GATO MUERTO O CHAMOMOR)

La señora Einberg (Gato Muerto o Chamomor) es la madre de la narradora. Es una guapa polaca católica, su marido la salvó en Varsovia cuando ella tenía trece años. Sus hermanos la violaban y la obligaban a prostituirse. En el momento de la narración, lleva una relación conflictiva con el señor Einberg, que tiene una amante. Desempeña un papel importante en la historia, ya que Bérénice trata en vano de ser opuesta a ella. La chiquilla mata al gato Mauriac, se divierte buscándole apodos ridículos, no duda en recordar su alcoholismo, pero alaba su belleza y busca su amor cuando se siente débil. Parece inaccesible, lo que explica el sentimiento ambivalente que inspira a su hija.

MAURITIUS EINBERG

Mauritius Einberg es el padre de la narradora. Es un hombre humilde y de baja estatura que quedó cojo en la guerra (no se sabe de qué guerra se trata exactamente). Judío, a menudo lleva a Bérénice a la sinagoga y trabaja para financiar el Estado de Israel. Intenta imponer su autoridad, pero la protagonista se divierte intentando enfurecerlo y contradecirlo. Él es quien, horrorizado por las cartas de amor que ella envía a su hermano, decide enviarla al centro del conflicto armado de Israel. Igual que el vínculo madre-hija, el vínculo padre-hija parece ambiguo: a pesar del odio que Bérénice siente por él, esta sufre su indiferencia.

CHRISTIAN

Christian, el hermano de Bérénice, es el objeto de su búsqueda del amor, pero él solo sueña con llegar a ser lanzador de jabalina. Ella se le declara, le pide que vaya a verla, que se marche con ella, pero él no para de decepcionarla. Los sentimientos exagerados de la chiquilla le dan miedo. Además suele ser presentado como alguien perezoso y vago. Su madre lo quiere mucho, así como Mingrélie, así que la protagonista se siente celosa de estas alianzas que la excluyen. Su hermano sigue siendo el verdadero amor de Bérénice hasta el final de la novela.

CONSTANCE CHLORE (CONSTANCE EXSANGÜE)

Constance Chlore (Constance Exsangüe) es la amiga de Bérénice. La relación que une a estas dos chiquillas es la más equilibrada del libro. Se adoran recíprocamente y comparten con placer todos sus delirios. Este personaje constituye de algún modo el doble positivo de la narradora: es dulce, sensible, melancólica, entregada, frágil y hermosa. También le encantan los libros, especialmente Nelligan (escritor canadiense, 1879-1941). Muere a mitad de la historia, atropellada por un coche. Permanece muy presente en los recuerdos de la protagonista, que la apoda entonces Constance Exsangüe.

GLORIA

Gloria, también llamada Lesbiana, interviene en la última parte de la novela, cuando está en medio del conflicto armado de Israel. Se alistó igual que la narradora y se la presenta como un personaje que se jacta de ser viciosa y de no lavarse. Le encantan los números y comparte con la protagonista el gusto por los libros y el cinismo. Finalmente, esta última la utiliza como escudo para escapar de las balas enemigas.

ZIO

Zio es el tío de Bérénice. Vive en Nueva York y la acoge, por petición del señor Einberg, para alejarla de Christian. Es muy practicante e intenta reeducar a la niña. Sobre todo se le describe de forma grotesca, a través del prisma de un judaísmo extremadamente ortodoxo. Tras la muerte de Constance Chlore, la narradora decide llevarle la contraria en todo, pero no le resulta fácil resistirse a su autoridad y, cuando ella la desafía, su tío la encierra en el armario del cuarto de baño. Sin embargo, acaba por ceder y la envía de vuelta a Canadá.

CLAVES DE LECTURA

UN RELATO POÉTICO

La trama narrativa es secundaria en esta novela, y es bastante pobre si la comparamos con la riqueza de la lengua. Este aspecto es característico de lo que llamamos el ducharmismo: el autor nos interna en el universo de una chiquilla que, a través de su subjetividad hiperactiva, reinventa los códigos. Por ejemplo, la narradora se reapropia de los demás renombrándolos: Constance Chlore (posible referencia al emperador romano del mismo nombre, 250-306) se convierte tras su accidente mortal en Constance Exsangüe (que perdió mucha sangre); el primer pseudónimo de la madre es Gato Muerto (Bérénice mató a su gato), en francés: *Chat mort*, que acaba derivando en «Chameau» por aproximación fonética en francés y luego en «Chamomor». Este último sobrenombre persigue a la figura materna hasta el final de la novela.

Cada palabra tiene su importancia, la lengua se trabaja hasta el más mínimo detalle. Encontramos metáforas, comparaciones, neologismos, calambures, importantes razonamientos analógicos e incluso palabras raras que se producen en un contexto incongruente. Este fenómeno de reinvención comienza con el título de la novela, auténtico juego de palabras, que Bérénice justifica así: «Esto es lo que tendría que hacer para ser libre: *devorarlo* todo, esparcirme por todo, englobarlo todo, imponer mi ley en todo, someterlo todo. [...] ¿Quién no ha sido *avasallado* por un obispo, un general, un juez, un rey y un millonario? Así pues, anexionarlo todo. Pero yo prefiero destruirlo todo» (Ducharme 2010, cap. 44). Si tenemos en cuenta el final que nos deja ver a una narradora cínica y cobarde, también podemos interpretarlo como una consecuencia del paso a la edad adulta: el tiempo ha logrado someterla, así se ha visto avasallada.

El ritmo también está cuidado, se repiten los sonidos, y un gran número de paralelismos en las construcciones participan en la musicalidad de la obra. El discurso bérénicino es absoluto: habla, pero sobre todo, actúa sobre ella y su entorno. A ese respecto, el auténtico personaje, es decir, el auténtico sujeto de la historia, es este discurso enérgico que no cesa de crecer, de imaginar, de reinventar. Aquí queda patente el poder de la literatura.

UNA INTERTEXTUALIDAD ABUNDANTE

Ducharme es un gran lector, y sus personajes —«sus hijos» podríamos decir incluso— también suelen serlo. Un poeta romántico quebequés que muere prematuramente, Nelligan, recorre explícitamente la obra a través del amor que le profesa Constance Chlore. También nos encontramos con Racine (1639-1699) y su tragedia *Bérénice* (1670) cuando la narradora hace la genealogía de su nombre. También se realizan claramente referencias, entre otros, a Victor Hugo (1802-1885), Aristófanes (poeta comediógrafo griego, 445-386), Homero (siglo VIII a. C.), Virgilio (siglo I a. C.) o Shakespeare (1564-1616). Sin embargo, muy a menudo, la narradora se divierte parodiándolos: «Pienso, luego existo» de Descartes (1596-1650) pasa a ser «Esto es lo que soy [...]. Luego pienso» (Ducharme 2010, cap. 41), «De nada sirve correr, lo que conviene es partir a tiempo» de La Fontaine (1621-1695) se transforma bajo la pluma ducharmiana en «De nada vale arrastrase. Hay que salir con los puños en alto» (Ducharme 2010, 12). Los hay a docenas. Estos usos paródicos ponen el foco sobre las citas de Nelligan, que adquieren una dimensión seria en este universo irónico.

EL NIÑO CONTRA EL ADULTO

La lucha de Bérénice contra los adultos va a la par de la que lleva a cabo contra el tiempo, ya que este hace que se convierta inexorablemente en lo que ella odia. A ese respecto, a veces se refiere a él como el titán y no deja de pensar en medios para sortear su acción.

Por desgracia, debe abandonar poco a poco el mundo de la infancia: vive sus primeras menstruaciones como un drama y no soporta ese cuerpo que está cambiando.

> «Los adultos son blandos. Los niños son duros. Hay que evitar a los adultos como el que evita las arenas movedizas. Un beso plantado en un adulto se hunde, germina, rompe en tentáculos que prenden y ya no te sueltan. Nada penetra en un niño; una aguja se partiría, una francisca se rompería; [sic] un hacha se rompería. Los niños no son ni blandos, ni viscosos, ni fértiles, son duros, secos y estériles como un bloque de granito» (Ducharme 2010, cap. 73).

A este respecto inventa una nueva lengua que no responde a la función primera de comunicación que implica generalmente el lenguaje, puesto que no remite a ningún significado conocido. Así, el bérénicino nace de una voluntad de atacar a los mayores: «Odio tanto a los adultos, reniego con tanta rabia de ellos, que he tenido que establecer los principios de una nueva lengua» (Ducharme 2010, cap. 73). Entonces, palabras tales como «espedormatorrinco esferatizado» o «blandosntrua bisecoresidual» son injurias dirigidas a los adultos. Hablar se convierte a la vez en un acto de rebeldía y el símbolo de la creación de un nuevo país donde solo habría niños.

Este rechazo al paso a la «adultería» constituye uno de los temas principales de las primeras novelas ducharmianas.

LA INESTABILIDAD COMO PRINCIPIO ESTRUCTURANTE

La obra está sacudida por la inestabilidad de cabo a rabo. La postura equívoca de la narradora es una importante ilustración de ello. De hecho, ella es todo y su contrario, ama apasionadamente y odia con la misma intensidad. Pasa de un extremo a otro en unas pocas páginas. Es capaz de adelantar una cosa y su contraria en la misma frase. Las esperas del lector no paran de ponerse a prueba. La opinión común (la *doxa*) que se supone que vehicula la novela de forma implícita es cambiada constantemente: los tabús ducharmianos no son los de la *doxa* y viceversa. En este universo, incluso la ironía es difícil de percibir, ya que todos los objetos del texto parecen golpeados por ella.

Por extensión, este principio llega hasta la propia lengua: el autor hace suyas expresiones hechas para distorsionarlas y reavivarlas. Esta reactivación es el trabajo fundamental que lleva a cabo la escritura ducharmiana.

PISTAS PARA LA REFLEXIÓN

ALGUNAS PREGUNTAS PARA PROFUNDIZAR EN SU REFLEXIÓN...

- ¿Qué interés tiene ofrecer un resumen de la historia al inicio de la novela?
- Proponga una interpretación del título.
- Según usted, ¿qué razones han podido motivar a Réjean Ducharme a permanecer en el anonimato durante la publicación de esta obra?
- ¿Clasificaría esta obra más en el género de la novela o en la categoría de poesía? Justifíquelo.
- ¿Qué figuras estilísticas predominan en la obra? Cite ejemplos.
- ¿En qué medida podemos considerar esta obra como un relato de infancia?
- ¿Qué papel se atribuye al lector en este texto?
- Cite tres rasgos del carácter de Bérénice. ¿En qué medida podemos decir que es una heroína negativa?
- En el contexto de la Revolución tranquila de Quebec, ¿en qué medida podemos considerar este texto como un texto comprometido con la causa?
- ¿Por qué la actitud de Bérénice aparece como grotesca y trágica al mismo tiempo?
- Bérénice hace soliloquios (monólogos) a menudo. ¿Se trata de un aporte argumentativo?
- ¿Esta novela tiene una dimensión teatral?
- ¿Ve usted similitudes entre la *Bérénice* de Racine y la de Ducharme? ¿En qué medida podría relacionarse también a este personaje con la figura de Antígona (hija de Edipo

y de Yocasta)?

¡Su opinión nos interesa!
¡Deje un comentario en la página web de su librería en línea,
y comparta sus favoritos en las redes sociales!

EDICIÓN DE REFERENCIA

- Ducharme, Réjean. 2010. *El valle de los avasallados*. Traducido por Miguel Rei. Madrid: Doctor Domaverso.

ResumenExpress.com

Muchas más guías para descubrir tu pasión por la literatura

www.resumenexpress.com